AF258402